詩集 ひたひたひた

向井千代子

青娥書房

詩集　ひたひたひた

向井千代子

目次

I

I

日の出

散歩をしていると
突然　地平線上に
太陽が現われた
子供がクレヨンで描いたような
赤い太陽だ

散歩コースを変えて
太陽に向かって歩く
太陽の赤を見据えながら
光が胸の中いっぱいに入り込む

あれ　あれ　あれ
昔　こんな夢を見たことがあったよ
悩んで　ひどく落ち込んでいたときのことだった
夢の中でも悩みつつ歩いていた
必死の形相でどんどん歩いてゆくと
目の前に太陽が出てきて
太陽に向かってまっしぐら
夢中で歩いてゆく
しまいにはそのまま真っ赤な太陽の中に
吸い込まれるように歩いてゆくという夢だった

今　人生も終わり近くなって
こんなふうに太陽に向かって歩いてゆく
というのも
ちょっといいね

やがて棚引く雲の層に太陽が入って
しばらく太陽さんとはお別れになったけれど
数分後にはまた太陽が出てきて
林の向こうから
ぱっちりと眼を見開いて
元気を出せ　元気を出せ
という信号を送ってきた

記憶の扉

青髭の城の中のように
私の中には
いろいろな記憶の扉がある

今日うっかりして
一番奥まったところにある
開けてはいけない扉を開けてしまった
部屋の中の闇の深さに
何ひとつ定かには見えなかったが
こころをかき乱すには十分だった

あれからいったい何十年が過ぎたことだろう
辛く耐えがたく思えた
あの破壊的な出来事から

それは戦争の体験に似ている
ちょっとした争いごとをきっかけに
燃え始める憎しみの炎
相手を征服し
支配しようとして
振り上げる武器
使い始める爆薬
戦いが終わってからも
影響は何十年も残り続ける
魂の奥深くまで浸透してゆく痛みと炎症

あまりにも辛い事件の後
人はそれに蓋をし
二重三重に封印する
しかし決して消えるものではない
その記憶

時々人は恐ろしい部屋の扉を開ける
新しい風を当て
新しい光の下へ引き出し
新たな解釈を施そうとする

色のある風景

思い出の額縁に収まった
一つの風景
時は五月
むせ返るみどりの匂い
泣きながら
川岸を歩く女
芹の匂いがする
カワセミの閃光が走る
空は広く青い

男の冷たい一言に

黙って家を飛び出した
世間体を気にして
来客に出した料理が不出来で
恥ずかしかったと責める男に
返す言葉もなく
川岸を歩くことで
気持ちを整理しようとしている

男という存在は不思議だ
男に生まれたというだけで
何だか世界の中心にでも
収まったような気分で
女を責めていい気になっている
高いところでひばりが鳴く
見えない草陰で蛇が動く

もの皆が鮮やかな
五月の風景
美しい風景画の中に
隠されている
かなしみ
不満
恐れ

風景が鮮やかであればあるほど
痛ましい

若い日のかなしみは
色鮮やかな風景の中に
織り込まれて

ひっそりと
画面の片隅に
たたずんでいる

静けさがほしい

梅雨前の重苦しい空の下で
喘いでいる血管
塞ぎこんでいる心臓
家には誰一人いず
取り残されて　静かなのに
しきりに願う静けさ

風が吹く
薔薇が揺れる
カーテンが騒ぐ
遠くを走る電車の音

もっともっと静けさがほしい
ただここにあることに浸る静けさ
ああ　静けさがほしい

静けさは過去からやって来るのだろうか
幼かったころの無邪気さの中から
それとも　それは私が滅びた後の未来から
息子の娘のそのまた息子の娘の時代から
やって来るのだろうか

いや
それはもっともっと近くて
もっともっと深いところからやってくるようだ

泉のようなもの

小川のようなものが
この胸のうちの奥深いところに隠されていて
その流れの音が聴けるほどに
じっくりと
耳を澄ます余裕を持ったとき
やさしい鳥の羽ばたきのように
静けさの水音が聞こえてくるようだ

ミラノ大聖堂

大理石の円柱の列
響き渡る朝の聖歌
声は柱に吸い込まれ
伽藍に反響する

薔薇の窓
ステンドグラス
白い石像
年を経た太柱
大理石の床
揺らめく蝋燭の炎

ステンドグラス越しに差し込む
やわらかな光の中で
心の底にある弦が
共鳴し
おののき震え
もう一つの音楽を
奏ではじめる

地の底から吹き上がる
一つの叫び
もう少しで
届きそうになっている

球体を成す空間の中で

内と外とが
ゆっくりと
反転する

ひたひた

漆黒の闇の中
ひたひたと近づいてくるものの気配
ひたひた
ひた　ひた　ひた

飛び起きて
明かりをつける
耳を澄ます

気配が鎮まる
足を止めたらしい

立ち止まって様子を
窺っているのだろうか

明かりを消して
横になり
こちらが相手の様子を窺う形になる
ひたひた
ひた　ひた　ひた

遠く波の音が聞こえる
もしやすると
波音や松風の音を
聞き違えたのかもしれない

大空を風が渡り

岸辺に波が寄せる
この日本という島を取り囲んで
ひたひた
ひた　ひた　ひた
かすかな音の形をした衣が
大きな襞の中に
日本全体を包もうとしているのかもしれない

それとも　あれは
ひた　ひた　ひた
闇の中　しずかに近づいてくる
ミューズの足音なのだろうか

届かない

背を伸ばしても
届かない
手を伸ばしても
届かない
駄目なのだろうか
いつになってもわからないのだろうか

届かない思いを抱えながら
時を過ごし
坂道を転げるように
まっさかさまに落ちていく

わからない
見えない
届かない
くるくると輪を描いて
同じところをめぐっている

諦めようか
知ろうとするのも
知らせようとするのも

届かない
届けない
秋風が脇をすり抜けていく
と思ったら

今は冬の風
落葉の音のする中で
青空を見上げている

届かなくてもいいのかな
届けなくてもいいのかな
横たわって
届かない身をかこちつつ
落葉と同じ運命をたどる

雪の断崖にて

吹雪の吹きつける
ここは雪の断崖
サスペンスドラマの
最後のシーンに最適の場所

眼下には冥い北の海
雪が吹きつける
だがホワイトアウトまでは行っていない

ここから突き落とされたら
ひとたまりもないけれど

雪の白さに包まれて
恍惚の境地でもあろう
呑まれることの息苦しさよりも
呑まれることの自由を味わうだろう

波頭が走る
鋼色の海の上
鷗が啼き叫ぶ

おのれの小ささに身震いし
断崖から降りはじめる
生還というよりも
ゆっくりとした堕落

諦めの情にとっぷりと浸かって

もとの世界へと降りはじめる

雪の夜

雪の夜はしずかだ
思いが内向し
雪景色と同じように
別の景色が見えてくる

雪の夜に
歌を聴く
ヨハン・シュトラウスの『万霊節』
雪の夜にはふさわしい歌かもしれない
「万霊節」には死者たちが帰ってくる

先に逝った恋人や
愛しい親族や友たち
雪のひとひら　ひとひらが
死者たちからの便りになる

地上にいる私たちも
雪の夜ばかりは
じっとこもって思い出に浸る

囁きかける声を待って
耳を澄ます
異国語の歌声の背後を探る

雪の夜
天から地にかけて

大きな深い井戸が掘られる
まるでヤコブの梯子だ

梯子を伝って降りてくる
さざめき

雪の夜はしずかだ

谷川

雪解け水が流れ始めた
岸辺に折り重なった枯葉
記憶の堆積
水が流れ
枯葉が少しずつ動き始める

水のほとりには
雪割草
枯葉の奥の枯葉が
朽ち始めて
記憶の痕跡を失い

発酵する

脳裏に浮かぶ
ふるさとの風景
遠い記憶
谷川の水が強く流れ
飛沫が頬にかかる

木々を取り囲む雪の周りに
円が描かれ
それぞれの木の根方に
黒い土があらわれて
木々は芽吹き始める

老いた記憶は

生き残った根の周りで
何度も何度も
同じ記憶をなぞる
失ったと思えた記憶の
最後の最後の切片から
発酵した新しい記憶がよみがえる

薔薇を焚く

立春を過ぎて
温かな日が続き
薔薇の剪定作業をする
あっちこっち伸び広がって
手に負えなくなった薔薇の木は
自分の人生に似ている

午後
切り取った枝々を
畑で焚く
しゅーっ　しゅーっと

はじけるような音を立てて
赤や緑の枝が燃える

オレンジ、ブルー
グリーン、イエロー
色とりどりの炎を噴き上げて
やり残したこと
悔いの残る出来事
楽しかったことも
悲しかったことも
燃える

燃えながら枝々は語っている
それぞれの物語を
燃え尽きる最後の瞬間まで

心の丈を傾けて語っている
青空と雲が耳を傾けている

水の中の落葉たち

春の嵐の過ぎ去ったあと
窪地の落葉の吹き溜まりに
水溜まりが出来た
風におもてを震わせている

落葉溜まりの奥深く
置いてきたもの
忘れ去ってきたもの
仕舞い忘れの
ことごとくが埋まっている

忘れ去ろうと努力せずして
忘れ去ったもの
やりかけた　その途中で
気が変わって放り出したもの

あれらはどこへ行ったのか
いったい何だったのか
人は時に立ちどまり
耳を澄ますかのように
首をかしげて考え込む

正体不明の影たちは
確かに
落葉の奥に存在している
そして必ず

芽吹く日があるのだ
芽吹く春の日を待っているのだ

青鷺

浦賀の渡船場近く
数隻の舟が舫うところ
決まって一羽の青鷺が訪れる
舟にとまったり
杭にとまったりして
時折　魚を漁《すなど》ることもあるが
たいていは　お気に入りの浮標《ブイ》の上で
身動きもせず
日がな一日　時を過ごす

太陽が動いて

日没の　最後の
黄色い光が
辺りに立ち込めるまで
飽きることなく
じっと思いを潜めている
何を考えているのか
毎日ここに来る理由は何なのか

金色の光が
後光のように身体を包む中
水面を見詰めて
哲学者の如くに
物思いにふける
太陽が沈んで
月が昇っても

その姿勢を崩さない
夕陽の中の哲学者は
月明かりのもとで
仙人になる

棚田

中国の雲南省にある
哈尼《ハニ》族の住む村は
山間の地で
棚田を作っている

高い山の斜面に作られた
棚田で
一人の農民詩人が
詩を作り
唄う
神をたたえる歌だ

歌声は棚田に響き
空に響き
山々に響く
棚田の畦道に立って
万物に向かって
詩人は祈るように
唄う

山々が
耳を澄ませて
その歌を聴く
風と空も
耳を澄ませて
その歌を聴く

棚田の水が白く光る
山が緑色に光る
太陽が笑う
高いところで
鳶が鳴く
歌声が流れる

手紙

開かれた手紙
おずおずと差し出された手紙
手紙はたった一人の人へのメッセージでありながら
本当は目に見えない他者へ向けられた
ラヴレターでもある

もちろん
中には偽り欺くことを目的とした
手紙もあるだろう
そのような人は
知らず知らずのうちに

自分をも偽っているのだ
言わば
中途半端に開かれた手紙だ

嘘のない手紙
それは理想だが
嘘のない手紙を書くことは
ほとんど不可能かもしれない
「私は嘘をつかない」だったか
「私は嘘つきです」が
証明不可能な言説であるのと同じように

詩を読むとき
私は詩人の手紙を読む
大きく開かれたこころ

あるいは半分だけ開かれたこころ
あるいは　ほぼ完全に閉じられて
ところどころの裂け目から
赤や紫の炎の舌先が見えているもの

詩は世界に向かって投じられた
謎めいた手紙である

Ⅱ

内向の季節

地震
津波
原発事故
ふるさとの岩山が崩れ
形が変わる
人が流され
家が壊れる
あちらこちらから
かなしみの叫び声が聞こえる
怒り　うめき　泣き声
不安と不満が常態となり

内向の季節が始まる

それがよいことか
悪いことかなど関係なく
浅い眠りをむさぼりながら
思考がめぐりめぐる
得体の知れぬ闇を背景として
求める心が動き出す

銀河
カシオペア
北極星
白鳥座
物言わぬ星々を容れた天空が
地球を抱擁して

ゆっくりと回転する

今は
内向の季節の始まり
もっともっと内向せよ
もっともっと沈思せよ

未知

未知のものは恐怖の衣を纏っている
未知であるというただそのことだけで
恐怖を引き起こす

未知の衣の色は何色だろうか
緋色の衣であろうか
罪咎に一番近い色
殺人に一番近い色

何もわからないうちから
言い知れぬ恐怖に打ちのめされ

想像が想像を呼び
あらぬ疑いに責めさいなまれ
未知であるが故に
疑惑が際限なくふくらむ

未知のものがヴェールを脱いで
その素顔を見せるとき
今までの恐怖は去り
あたたかい朝の光に包まれて
新しい存在が誕生するだろうか

しかし
既知ともつかず
未知とも言えぬ
放射能は

目に見えず
知らぬ間に私たちの上に降り注ぐ
私たちの内部に入り込み
私たちの未来を脅かす

追い詰められて

追い詰められないと
見えてこないものがある
追い詰められて
見たくないものを見せられて
やっと目が覚める

暑い夏がつづいて
避暑地と呼ばれるところに逃走する
そんなところに行っても
やはり暑さは追い掛けてきて
ひたすら避暑客の間に混じって歩く

夕日が沈み
温泉に浸かり
無為の時を過ごし
おぼろげに何かが見えてくる

原発事故による
地球の汚染を抱えて
地球という生物も青息吐息
人間という変な生き物のせいで
地球の未来も曇って来た

夜になって星が出る
天の川
白鳥座

琴座
北極星　北斗七星
いくら星の名を数え上げても
もう手遅れ
清純な地球の時代は終わった

破れかぶれになってももう遅い
めそめそ泣いてももう遅い
できるのはこれ以上汚染しないこと
今こそ私たちの知性の質が問われている

晩　夏

まだ昼前というのに
外では
法師蝉の声が盛んだ
ホイヒョーホイヒョーと
切羽詰った鳴き声を
飽きずにくり返す

南方に台風が近づきつつあり
今夜辺りから雨になるだろう
との予報にもかかわらず
雲の多い空に太陽が輝く中

ホイッホイッホイヒョー
間を置いて鳴きつづける

地震と津波と原発事故以来
これまでにも増して鈍くなった頭と心を抱えて
明晰な頭脳で知られたアイリス・マードックが
アルツハイマーになった晩年についてのお話を
今読み終えたばかり

時の流れの中で
過ぎ行く瞬間の中で
獲得した記憶も
やがて失われ忘れ去られてゆく

放射能汚染の現実の中から

日本はいかにして立ち上がるのか

人は命のあるかぎり
立ち上がらざるを得まい
汚染の中でも生きてゆく
自分たちの作った汚泥の中で生きてゆく
「耐えがたきを耐え」という言葉が
現実のものになった

ひとり言

いつの間にかひとり言を言う癖がついた
驚くことでもないが

蜩がいつまでも鳴いている
空にはすでに半月が現われて
白く光っている
放射能が混じった大気は良く澄んでいて
少しも毒の気配はない

原発事故以来
目に見えぬ放射能に脅えて

悲しみに耽り
怠惰な暮らしが身についてしまった

起こってしまった事故は事故として
ここからどう行動すべきか
それが大切だろう

もう二度と原子力発電になんか頼るまい
放射能がいつ消えるのか分からないが
どうかあまり人体に悪影響を与えないでほしい
地球よ　どこへ行く
日本よ　どこへ行く
人類よ　どこへ行く

薄暗くなったが

蜩はまだ鳴いている
ひとり言もまだ続いている

魂鎮め

冬の日の
銀杏並木の下を
ゆっくりと歩く

踏みしめる落葉とともに
今年逝った
たくさんの死者たちの魂が
散り敷く

ゆっくりと
ゆっくりと

歩かねばなるまい

時に瞑目し
立ちどまり
死者たちの魂に触れる

かさこそとかすかに呟く
落葉たちとともに
ため息をつき
うめき声をあげる

夕日の中の銀杏並木は
やがてすべての葉を落とし尽くし
決然と天に向かって
その拳を突き上げるだろう

しみじみと
つれなくも
陽は傾いてゆく

五月の庭

きんぐさり
芍薬
あやめ
薔薇
金魚草

五月の庭に立って
露に濡れた葉に手をやれば
またも性懲りもなく
淡いかなしみに襲われる

本当のことを言えば
淡いかなしみなどではなかった
あの日以来
淡いなどというかなしみは消えた
かなしみという言葉も色褪せた

長い影を引く人類の歴史
そこに生じた
光をさえぎる障壁

人は人とつながっている
人は消えても消えない
見えないものに取り囲まれて
見えない恐怖に怯えて
私たちは歩いてゆく

庭のサラダ菜もアスパラガスも
もしやすると放射能に汚染されている?
五月の庭は輝くばかりに美しく装い
得体のしれない塊を包んでいる

除染

放射性物質セシウムを含む土の
除染が盛んである
それは人間が作り出した汚れ
文明の生みだしたヘドロだ

除染しても
除染しても
汚れは無くならない
マクベス夫人の手についた
血の汚れのように

吸い取られた汚染物質は
鋼鉄の器に容れられ
あるいはコンクリートに詰められて
地下何十メートルの深さに
埋められなければならないと言うが
（実際は袋詰めにされ、校庭の片隅に
青いビニールシートをかけられて
放置されていると言う…）

昔々　農民たちは
自分たちの糞尿を肥料として使っていた
「そんな野蛮な…」と
文明人たちは嗤ったが
こうして原発事故が起きてみれば
本当に野蛮なのはどちらなのか

糞尿は自然界に戻り
有機肥料となるが
放射性物質は
人体や生物たちに害をなすばかり
セシウムの半減期が三〇年
中には半減期が何十万年という大物までいる
人間が科学力を駆使して作った
世にもめずらしい物質
人間自身の手に負えなくなっている

疑惑

目に見えぬ放射能のように
得体のしれない
ガス状のものが広がって
疑惑が疑惑を生む

疑惑のガスにとらわれて
日々が過ぎて
今　ヴェールを上げて
真実の顔を覗き込もうとする

原子力発電所の

格納庫の中を
覗き込むように

しかし
放射能のように
正体が目に見えぬとしたら
疑惑はいつまでも
疑惑のままだ

故知れぬ不安に囲まれて
ただ漫然と時を過ごすだけ

いったい
真実はどこにあるのだろうか

風神

風神が荒れ狂っている
空の遠くから近くまで
上から下まで
踊り狂っている

そこに怒りが含まれているのかどうか
たぶん含まれてはいないのだろうけれど
大震災や原発事故以来
震えあがっている人間の身には
神々の怒りの声に聞こえる

今のままではいけない
このままではいけない
と思っているのに
原子力発電をやめようとはしない我が国

なすすべもないのか
無力な人間は？
いや　なすすべはあるのに
やらないのが人間なのだ

風神は人間のことなど考えない
自然のままに動くのみ
軒を鳴らし　煙突を傾かせ
薔薇の木を倒し
意気揚々と通り過ぎてゆく

雨

雨はことばのようだ
咲きはじめた紫陽花の上に
育ちはじめた早苗の上に
ぱらぱらと
異国のことばを
まき散らす

雨は泪のようだ
人のいなくなった廃墟の上に
爆発した原発の
ぼろぼろの鉄材の上に

ぽとぽとと
雫を落とす

雨
雨
降りしきる雨

雨はヴェールのようだ
人間の行為を
恥じるかのように
日本列島を
地球の顔《かんばせ》を
包み
覆い隠す

合間《あわい》

震度3のひとしきりの地震の後
もやもやした渦の中から
湧き上がるもの

つかめそうで
つかめず
答えが出そうで出ない

口数の多いバイオリンの演奏の後で
ゆっくりと
低音のオーケストラの演奏が

やってくる

そんなふうに
ときどき時の合間《あわい》から
立ち上がって来るもの

曇り空の向こうに
輝く幻日のように
しらしらしたもの

つかめないままに
つかめぬものの腕《かいな》に
もどかしい思いで抱かれている

不確定の旅

何もかもが不確定である
不条理というのではない
不確定である
ふらふらと
風まかせ
成り行き任せで生きる

路傍の草や花
小川を泳ぐ魚
そんなものだけが救いだ
暑い日　青田の間を歩いていて

さーっと吹きすぎる風に出会うことがある
そんなとき気分がふっと変わる

陣痛でうんうん唸っていた時に
ふと痛みが止む一瞬があって
大げさだが
そんな瞬間に似ているかもしれない

道はまだまだ続くが
終わりのない道ではない
「大事なのは道行きであって
　道程の終わりではない」と
ヴァージニア・ウルフは言った
ドストエフスキーの言葉の受け売りらしい

小鳥のつぶやき
風のささやき
きらめく緑と青
風に吹かれて畦道を行けば
不確定の旅も何やら
軽い心に満たされた
苦しみのない旅に思えて

答えのない旅は続く

Ⅲ

ブラームスの空

寒い風の中で
欅の小枝《さえだ》が揺れている
小枝の繊細さが好きだ
繊細なくせに
ある種の勁《つよ》さがある

夕映えの空に
欅の梢の小枝の作る
シルエットを見るのが好きだ
シルエットの背後の空が

色を変えながら
しみじみと
ゆたかに暮れてゆく

昔
冬のそういう空を
ブラームスの空と名づけた

ブラームスよ
あなたも
遠いウィーンの森で
こんな空を見たことがあっただろうか

騙し絵

白木蓮にたくさん蕾がついた
枝は天に向かって
微妙な弧を描いている
その中に
騙し絵のように
枝模様の中に納まって
鳩がいる

毎朝　白木蓮を見るたびに
中に隠れているものを探す
鳩であったり　鵯《ひよどり》　であったり

一羽であることも二羽であることもある

今日は一羽も見あたらなかったけれど
見逃した不思議な生物がいたかもしれない
例えば天使が一人とまっていたりして

白木蓮が花開くと
もう何が隠れていたってわかりっこない
騙し絵の本領発揮
いろんなものを包んで
怪しく輝き始める

白木蓮の白は
いろんな色を含んで
静かに微笑んでいる

白はすべての色の総和だから
天使の羽根も
いろんな悲しみ　憎しみを包んで
白く輝いているのだろう

ゆらぎ

かすかな風にゆらゆら揺れる
祭壇の蝋燭の炎
見えない風に揺れる芒の葉陰で
ささやく虫の声
雨上がりの水溜りの表面に現れる
波立ちと震え

それが生きるということだろうか
存在するということ
考えるというよりも先にある
感覚

ゆらぎゆらぐ
震え震える
耐えるということでもない
ただ黙して歩く

過ぎていった月日
忘れ去られた人々
網の目状の記憶
網の間から流れ去っていったもの

ゆらゆらと
ゆらぎつづける
定かならぬもの
影のように

いつまでも付きまとうもの
その影をまといながら
生きる

森の蛍

森の中の水源から
音もなく蛍が舞い上がる
明滅する明かりが揺らめいて
妖精の舞を見ているよう

木々に囲まれた小さな湖から
流れ出た小流れから
夢のように蛍が生まれ
梅雨の晴間の星の夜を徹して踊る
この世とあの世の境界を取り払って

無言の劇中劇を繰り広げる
夢のような情景を
やや高い木の株の上に立って眺めながら
思い浮かべるのは
忘れられないひとつの夢
三十数年前にイギリスで見た
母の死を知らせる夢

漆黒の夜
実家の裏門から夫が出てくる
その肩の後ろから
ふわりふわりと
蛍の明かりがひとつ流れて消えた
それが母の死の合図だった
ことを後で知った

今

夢幻能のような情景を目にしながら
あの夢をなぞり
もう一度考えている
生と死の境の微妙さ
霊妙にして縺れ合う
この世とあの世の関係を

はるかなもの

先日の風で
伸び放題に伸びていた庭の蔓バラの枝が
半分は地に伏せ
せっかくの蕾が泥にまみれている

あっちに引っ張り
こっちに引っ張りして
ひとしきり苦労し
枝先を切り詰めたりして
バラは少しばかり身を起こした

そんなふうにして時を過ごしているうちに
いつの間にか
はるかなものが
わたしのところにやってきていた

はるかなものとしか言いようのない
その状態は
ひとしきり
胸の中に納まり
なつかしいような
うれしいような
かなしいような
ほのかな花の香りのような
ものを残して立ち去った

はるかなもの
かなたから届けられた
その光と香り
あれは　きっと
わたしの心の奥底の宇宙の果て
わたしのふるさとから
やってきた光だったはず

それ以来
わたしは
ゆりかごの中に揺られるように
ゆったりと日々を過ごしている

ぞろぞろ

夢の網目に引っかかり
ぞろぞろと出てくるものがある

連想の糸に絡めとられ
引っかかったまま
黙って流れゆく雲を見ている

ぞろぞろと
過ぎてゆく
たくさんの思い
拘り

夢から抜け出さず
連想の糸をこちらからは手繰らず
じっと眺めることに徹する

流れに掉ささず
流れの上の泡沫《うたかた》に
身をやつして
気ままに流れてゆく

岸辺に憩いながら
唄うたう人もいるが
こちらは
岸辺の勿忘草と
薄青の空を眺めながら
流れに乗ってゆくばかり

ぞろぞろ
ぞろぞろ
過ぎ行くものは何だろう
あれはあなたか
それとも彼か
彼女かしら
ほら　あそこにやってくるのは
何百年も前に脱ぎ捨てたわたしの体
いろんなものが流れてゆく

錆びた大鎌

人の生を断ち切る
時の大鎌
死神の大鎌が錆びている
どうもこの世に死が無くなったらしい

肉体の死が死であると
人は思っている
だが本当にそうだろうか
生きているつもりで死んでいるときがある

ヒトの操り人形になって

日々オノレを殺して生きるなんて生活は
本当に生きているってことなのだろうか

「あ〜あ
時の大鎌が錆び付いてしまったよ」
死神がぼやく
「俺の出番がなくても
もうすでにここには死人ばかり
断ち切る必要もなくなったよ」

「死と生の境界なんてない
あるのは肉体の生か死だ
肉体の中はもとよりうつろ
からっぽだ
中身のない肉体が

生と死を繰り返す
そんなのちっとも面白くない
おいらの出番はもう終わったよ」

唇

いつの頃からか　夢にうつつに付きまとう　一つの唇　やさしい弓形に微笑む　その唇を　いつの頃からか　マリアの唇と呼ぶようになった

わたしに付きまとうマリア様　何故あなたは唇なのか　今にも話し出しそうな　微笑み出しそうな形をして　目の前に現れる　唇よ　寝付かれぬ夜の闇の中で　あるいはぼんやりと壁にもたれて　疲れた体を休めている　ちょっとした隙間の時間に　閉じた目の前に現れる　笹舟のような　その唇

その唇は問いであり　答えでもある　誘惑であり　慰めでも

ある　疲れて横になるわたしの目の前に　絶望によろめく脳裏に　ふと現れる　マリアの唇

何故それは唇なのか　マリアなのか　と問うことも忘れてその唇に導かれて　日々模索する　その唇に支えられて　さ迷う　おお　わたしのマリア様　と呟いても甲斐ないこと無様なこと　何故なら　それはすでに与えられているのだから　あなたはすでにそこにいるのだから

そう　わたしはあなたの眷属　あなたの仲間であり　僕《しもべ》でもある　あなたの笑みに絶望はない　諦めはない　冷たくもないが　暖かくもない　あなたは口を利かない　あなたはただ薔薇の蕾のように　微笑みの一瞬前の形を保ちつつ　そこにある

骸骨のある風景

頭蓋骨だろうか　それとも他の部分も入っているのだろうか
一人の骸骨か　数人の骸骨か　五個の骸骨が　円を描くよう
に地面の上に置いてある　茶色く変色している

年月を経た骸骨だ　普通骸骨というものは白いのが相場だが
どうしてこの骸骨たちは茶色なのだろう　茶色と言っても赤
みがかった茶色　しかももう風化寸前のぼろぼろの状態であ
る　とすれば　この骸骨は人骨ではあるまい　人間以前の生
き物　まだ石油になるほどは古くなっていない生物の骸骨か
ふしぎだ　実に不思議だ　骸骨のある場所はどうも砂漠地帯

らしい　きめ細やかな薄い銅色の砂の上に置かれ　天を見上げている　風は無く　色のない曇天の空　太陽のあるらしい一角だけ　すこし明るい白だ　音ひとつ聞こえない

骸骨にも意識はあるのだろうか　骸骨に意識があるとしたらどんな物語を語ってくれるのだろうか　時が一瞬　間延びして　一秒が百年に感じられる　これを間延びとは言わないのだろうか　骸骨を見ているうちに　時の観念が揺らぐ

もしかしたら　これは私の骸骨なのかもしれない　夢の中で未来にタイムスリップして　砂漠の中で孤独に夢見る未来の自分に出会っているのかもしれない　時というものは霊妙な織物で　そのところどころに隙間がある　隙間を通って　未来にも過去にも行ける　そんなものだ

結界

夢の中では結界が破れる
あなたとわたしは一つであり
彼と彼女も一つである

そんなことを考えながら
花園を歩いている

急に霧が漂い
霧の中を歩いている
霧が晴れると
下のほうに大きな湖が見える

湖のほとりに向かう

湖には
さまざまな見慣れぬ生物が生息している
恐竜の親戚かと想われる生き物や
河馬のような生き物
湖ではなく陸上の生き物もいて
あまり深くないのか
ぞろぞろと水の中を散歩している

結界が破れて
わたしも見慣れぬ生物の一つになる
水に浸って深い泥の底を探る
あなたはどこに行ったか
彼はどこに行ったか

考えることもなく
慕わしい水と戯れている

ライフライン

夢の中の見知らぬ町で　人と会う約束をした　約束の場所はどこかと　さ迷い歩くうちに一人の少年に出会う　見知らぬ街の　夜の海岸に沿った道路　車が次々と通り過ぎる　確か約束の場所はこの通りの先のほうにあるはず　と　車の往来をぼんやり眺めながら少年に問うた「この道路は何というの」「ライフラインです」と少年

数日後ニースへの一人旅　見知らぬ人との食事時の会話を除いて孤独な時を過ごす　たそがれ時コート・ダジュールの海岸で座っていると　金色の筋を引いて　海岸線を次々と車が流れてゆく　波音が絶えず耳を打つ　岸の

湾曲に沿って　幾筋もの金色の弧が描かれ　はるか海の
水平線上には夕焼けの名残り

人と人とのつながりも　人と場所とのつながりも　すべ
て　夜の闇に呑まれる前の　しずかなひと時　滑らかな
軌跡を描いて海のほとりを彩る光線　わたしと他人をつ
なぐ証し　わたしをこの地上につなぎとめる理由　人は
孤独でありながら孤独ではない　言葉の境界を越えた確
かなもの　それを見つけたとき　きっと新しいわたしが
生まれる

それはわたしからわたしへのメッセージ　過去のわたし
未来のわたし　現在のわたし　をつなぐ金色の　果てし
なく流れ続ける　血管の　細いけれど　永劫と思えるほ
ど長くながく　つづくたましいの　旅路の放つ　光芒

淋しいけれど　力強い　彗星の尾の　軌跡　わたしだけ
の生の証し　ライフライン

差し出す手

夢の中で
丘を登ってゆく
坂道はそれほど急ではなかったが
最後の上り坂で
前を行く人が手を差し出す

かたわらに青い花が咲いている
アヤメに似た小さな花
ルノワールの晩年の家の
庭で見たのと同じ花

前を行く人のあとに少し遅れながら
登りつづける
彼はわたしを導く天使
死の天使かもしれないが
詩の天使かもしれない

見知らぬ人に導かれて
丘の頂点に立つ建物に入る
何の変哲もない家だけれど
教会かもしれない
ミューズの神殿かもしれない

たくさんのＹＥＳ

空色の小さな花たちが
ちりばめられた野原
花たちはほほえみ
笑いかけ
たくさんのＹＥＳを贈る

確か『アリス』に
「誕生日でない日のプレゼント」
という表現があったが
この野原の花たちは
誕生日もそうでない日も関係ない

天の野原のプレゼント
野原を歩きながら
たくさんのＹＥＳを受け取る

セレナーデ

恋焦がれる季節は終わり
今は
ため息のような夕暮れ
あなたを想うこころは
ぼんやりと
岸辺に憩うような
はるかな気持ち

あなたは
流れの岸辺を去っていった
色鮮やかな小魚の一つ

すでに過去となった
きらめく鱗片
うつくしい影

セレナーデを唄う

それは
あなただけに捧げられた
唄であることをやめて
多くの時代の「あなた」に向けられた
深い
ため息のような調べ

目覚め

夢の中でひとは自由だ
目覚めと共にひとは自由を失う
現実の蜘蛛の糸に絡めとられる
目覚めは解放ではない
呪縛だ

ひとに眠りがあることは
ひとつの救い
眠りの中でひとは旅する
大空に羽ばたく
悲しい夢であっても

恐ろしい夢であっても
飛翔にはちがいない

現実の中に生きながら
ひとはいつも現実からの解放を願う
あなたを確かに愛しながら
あなたから逃れるよろこびを
夢の中で味わう

ひそやかな朝の目覚め

空はまだ色を失ったまま
力なく四肢を伸ばして
昨夜の夢の狂乱を
想い出している

すとん

穴でも開いたように
すとんと
底が抜けた

それからは
楽になった

孤独が過ぎたためかもしれない

人と人との違いが見えなくなり
年の差がなくなり

男も女もなくなり
何もかもが
怖ろしいほどに
いっしょくたになった

大きな木の虚《うろ》の中に入って
上を向いて
青空を見ている気分

すとん　すとんと
穴が開いて
空っぽになって
さびしいような
すっきりしたような
変な気分

あとがき

本詩集の詩は二〇〇九年から二〇一四年までに書いた作品である。

この六年の中心には、二〇一一年三月十一日の東日本大震災がある。地震、津波、続いて起きた福島第一原子力発電所の事故以来、すべてが変ってしまったと言っても過言ではない。あれから四年、まだまだ私たちはその影響下にあり、復旧・復興の掛け声はひびくもののその歪み軋みは溜まりつづけている。


詩集のタイトルは初め「夢の途中」にしようと思っていた。私の詩は夢に取材したものが多いし、いずれ『夢日記』というタイトルの散文詩集を出してもよいと思っているくらいだったから。しかし一人の友人から、「夢の途中」は歌のタイトルにもあり、あまりにも平凡であると言って反対された。そこで次に、あまり魅力的とも言えないが「内向の季節」に変えてみた。詩はおしなべて内向的であるかもしれないが、東日本大震災を経た今こそ私たちは今までの自分の生き方を反省し、もっと内面を見つめて、その上で行動すべきだと考えたからである。

しかしその後、青娥書房の関根文範様より、「ひたひたひた」はどうかという提案があった。このタイトルの元となった詩「ひたひた」は、大震災の前年に横須賀に泊まった折、何かがひたひたと身に迫る気配を感じて作った詩であり、その迫るものの中には翌年の大地震の予感も含まれていたかもしれない。と考えると最適のタイトルではないかと思い、ご提案を受け入れることとした。二〇一〇年には他にも死や災難が差し迫っているような恐ろしい夢をたくさん見た。

考えてみれば、人生そのものが夢もしくは悪夢のようなものである。しかしそうではあっても、私たちはその世界を現実のものとして、自分なりの信念を持って生き抜いて行かねばならない。

この文章を書いている今は早春。今朝は雲雀が囀りながら弧を描いて青空に昇って行く姿を見た。一方、「騙し絵」に描いた小川のほとりの白木蓮の樹は数年前に伐られ、跡形もない。すべてはこのように幻のように、夢のように次の瞬間には消えていく。その中で少しでも永続するものを求めて、人は詩を書いたりするのかもしれない。

昨年三月、長年勤務してきた白鷗大学を退職し、退職記念として童話集を出版した際に、挿絵を描いてくださった五島三子男様より表紙絵を頂戴した。青娥書房の関根社長と出会ったのも五島氏を通じてである。快く出版を引き受けてくださった関根文範様と、この詩集のために再び絵を描いてくださった五島三子男様のお二人に、この場を借りて心より御礼を申し上げます。

二〇一五年三月

姫宮にて

向井千代子

向井　千代子（むかい　ちよこ）
1943年　栃木県生まれ
「日本現代詩人会」「日本詩人クラブ」「埼玉詩人会」
「俳人協会」会員
「きんぐさり」「漪」同人、「小樽詩話会」会員
詩集『いぬふぐり』（むかいちよ名）、『きんぽうげ』
『白木蓮』『ワイルド・クレマチス』
童話集　『夢の配達人』（むかいちよ名）

ひたひたひた

発行日　二〇一五年五月五日　第一刷
著　者　向井千代子
装　画　五島三子男
装　丁　石川勝一
発行者　関根文範
発行所　青娥書房
東京都千代田区神田神保町２―10―27　〒101-0051
電　話０３（３２６４）２０２３
ＦＡＸ０３（３２６４）２０２４
印刷製本　モリモト印刷

ISBN978-4-7906-0330-6 C0092
＊定価はカバーに表示してあります。